벚꽃 칸타타로 떨어지는 봄을 본다

지혜사랑 284

벚꽃 칸타타로
떨어지는 봄을 본다

전금란 시집

지혜

시인의 말

나는 길치다

헤매는 길가에서 발견한
꽃, 나비와 뱀
시로 박제해
책 속에 가둔 글자

표지에 닿은 지문따라
넘긴 책장
그들을 풀어주는 것은
당신과 나의 선택에 있다

차례

1부 꽃을 좋아하는 당신에게

2부 상상으로 이어진 세상

3부 일상에서 일어나는 변주

4부   다리를 잘라버린 뱀

페이지의 첫줄이 연과 연 사이의 띄어쓰기 줄에 해당할 경우 >로
표시합니다.

1부
꽃을 좋아하는 당신에게

꽃댕기

세 가닥으로 땋은
여자아이 머리카락
한 줌 벽,
딱 그만큼으로 갇힌
남태평양 어느 섬 안에서
누가 꽃댕기를 끊어버렸나

열한 살 꽃댕기가
황군 손아귀에 의해 풀리고
신음처럼 새어나오는 노을
삼킨 아리랑 노랫가락이
핏빛 채찍에 뒷걸음친다

잔뜩 움츠린
소녀의 알몸 위로
저녁바람에 떨어진 꽃댕기
고향집 어귀 느티나무에 걸린 채
오색 천으로 날려
충혈된 노을

잊고 싶은 소름이
문신으로 살갗에 새겨져

문득문득 울컥거리는 눈물,
눈물이 그렁그렁 맺힌 눈가에
붉은 꽃잎 한 장으로
꽃댕기가 나비처럼 날아든다

벚꽃 칸타타

그대와의 만남을 아는지
마른 가지에 스치는 봄바람
닿는 곳마다
전주를 알리는 음이
조금씩 열린다

리듬을 머금은 둥근 음표가
꽃잎 샹들리에로 펼쳐지는 봄날
바람의 손가락이
하얀 건반을 건드리자
시작된 봄 변주곡

나뭇가지 오선지에서 나비같이
가벼운 칸타타로 내려앉는 벚꽃,
꽃잎 음표 한 장 한 장
향기 머금은 숨결로
노래를 부르는 거리

사이렌 목소리를 닮은 걸까
지나는 발걸음 멈춰
귀 기울이는 유혹의 칸타타
흩날리는 벚꽃 선율 따라

흐드러진 향기
허공에서 스텝으로
눈꽃 같은 춤을 춘다

개와 산책하는 봄

개와 동네 뒷산을 산책한다

껍질이 버석 마른
뒷산 나무가 겨우내
움켜쥔 손에 힘을 빼
마지막 잎을 던진다

삼월 날갯짓으로 뒤틀린 나비
산 공기의 겨드랑이를 간질이며
겹겹이 포개진 바닥

누렇게 바랜
작은 삶들 그 위를
봄이 걸을 때마다

바스락
겨울이 부서지는 소리
뒤따른 개가
낙엽 위에서 뛸수록
언 땅의 온도가 올라가자
낙엽 밑 흙이 살캉거린다

>
껍질을 뚫고 전달된
봄 온도에
군데군데 드러난
봄의 살빛이 연두색이다

낙엽을 들썩거리며
꼬리마냥 삐쭉이 깨어난 봄
감촉이 보드라운 새싹을 보고
꼬리를 마냥 흔드는 개

여기저기 코를 킁킁거리며
봄 냄새를 맡는 삼월

사랑은 봄비처럼

톡 토독 톡
구름에 숨은 물방울
공중으로 떨어지는 발걸음 소리

빗방울 속도로
길어진 물방울 다리
바닥에 닿는 순간 야생마처럼
발자국 소리 요란하다

번갯불 조명 아래 신나게 탭탭
땅 위를 달리는 탭댄스
지면에 찍힌 발자국

밤새 자유로운 발놀림
바닥에서 튀는 빗소리
리듬 파편을
사방으로 부수는 봄비 행진곡

사선 물방울 꼬리 그려진 창문을 여니
파란 눈빛을 뿜는 하늘
경쾌한 입맞춤 세례로 촉촉해

\>

자신만의 길 찾아 여기저기
땅 위로 튀어나온 새싹 신부
바람의 입김에 녹색 속눈썹이 떨리는 날

목련이 발톱을 세울 때

바람을 간질이는 나뭇가지 사이로
수화를 하는 목련 나무
아파트 화단에서
하늘을 움켜잡으려는 듯

하늘 향해
새의 발톱같이 솟아
겨우내 날을 세운 꽃송이

땅으로 곤두박질한 꼬리
수십 갈래로 갈라져
뿌리로 땅 속에 감춘 채

지상으로 새하얀 상복처럼
봉오리 올린 허공
오므린 봉오리 벌어진 날
그것은 침묵 없는 포효

바람 등을 휘감아
올라탄 꽃향기
출렁거리며 승천하는 봄

\>

더 가볍기 위해 벗어놓은 꽃잎
옷자락이 터진 바느질처럼
목련 나무 아래

바닥에 흩어진 수십 장 꽃잎
조각난 비늘 날개옷에 눈을 맞추고 있네

숲속에서 춤추는 발레리나

시간이 들락거리는
어두운 방 안
미동도 없는 고치에게서
잠의 날개가 자란다

선명한 운명선이
문신처럼 날개에 새겨지자마자,
춤추기 위하여
무용수를 깨우는
봄바람 알람

무지개 빛으로
구겨진 날개를 다림질하는
오고 감이 따사롭다

오롯이 혼자 견딘
고치 속 시간,
봉긋이 부푼 고치
날카로운 이빨로 찢어

숲속 발레리나로
캐스팅되기 위해
꽃잎인 듯 팔랑거리는 날개

사랑으로 올라가는 온도

눈꺼풀에 힘을 주지만 눈은 떠지지 않는다

몸을 감싼 껍질이
이리저리 굴려질 때마다
전해진 깃털 온도
심장까지 따뜻하다

몸을 둥글게
말고 있는 공간이
움직일 때마다
껍질에 닿아 단단해진 부리

껍질에 작은
점 하나를 찍어
세게 찍을수록 욱신거리는 부리

통증의 파편이 모래처럼 떨어져
깊어진 점은 선을 만들고
번개모양으로 벌어진 틈 사이로
점점 선명하게 들리는 새 언어

젖은 솜털이

지리산 산바람에 말라 시원할 때
가슴 속에서 속삭임이 올라온다

지리산 능선 따라 날아오르는 낭비둘기 삶을 향하자

떠지지 않은 눈을 떠보려 움찔거린다

아카시아 카페

오월에만 문을 여는 카페가 있다

오월 달빛 받아
달처럼 차오른 하얀 꽃 잔에
웅크린 아카시아 향기
산바람 피하지 못해
카페 밖으로 새어나오는 오월,
바리스타가 부푼 향기를 추출하자
산자락 작은 카페에
문을 열고 들어오는 손님
날개 접어 자리에 앉는다
녹색 차받침에 놓인
하얀 찻잎을 앞에 두고
입술 적시는 꿀벌
은은한 노을 조명이 꺼지고서야
커피 빛 발자국만 찍혀 있는 카페거리

오월에만 문을 여는 카페가 있다

아가미가 꽃으로 핀다

전봇대 타는 줄기
태양을 향한 헤엄치듯
한 방향으로
스프링같이 휘감아
유연한 척추가 길다

줄기 마디에
잎으로 펼쳐진 지느러미
난류가 된 바람결 따라 흔드는
물비린내 없는 살랑거림

큰 호흡할 때마다
활짝 벌어진 아가미
속에 감춘 꽃물

빨갛게 터져버린 나팔꽃
꽃잎을 통과해 노을까지 번진다

뒤뜰은 대나무 정원

뒤뜰에 심은 뿌리 사방으로 뻗어
스스로 정원이 된 대나무
어둠의 잠옷 입은 채
베개 베고 누운 밤,
맞은편 창틀에 걸터앉은
바람의 기척이 들린다

잠 든 프시케를 만나러 온 에로스처럼
모습을 감춘 채
입술에서 새어 나오는 휘파람
달빛 조명 아래 지속된
백 년의 연습 기간

바람 허밍에 맞춰
리듬을 타는 초록 손가락
바람이 손을 잡자
머리에 피어난 쌀알 꽃
나뭇잎 치맛자락 쓸리는 소리 시원해

한여름 며칠의 축제 기간
바뀌는 바람 방향 따라
휘

청

휘

 청

거리는 대나무 여인 허리

꽃씨 여인

창가를 통해 보는 꽃밭
유언을 말하는 아내처럼
꽃잎 입술이 바람에 떨린다

자궁을 닮아 부푼 씨방
노랗게 익은 씨앗 주머니
큰기침 한 번에

사방으로 튀어나간
사리 알 같은
작은 씨앗

마당에 핀 봉선화처럼
움직임이 없는
병실의 아내
여름과 가을
계절 옷을 갈아입어

봉선화 씨앗 주머니가 터지듯
아픈 아이들에게
씨앗을 나눈 꽃씨 여인

내 사랑

꽃씨 여인 떠난 뒤,

내 머리카락에 서리가 내려 하얗다

코스모스 소녀

꽃잎 머리카락을 말아 올린 머리
길가에 서 있는
목선이 가느다란 여자아이
바람이 불 때마다
한들한들 흔들리는 몸짓

꽃으로 맺힌 코스모스 얼굴
가을볕에 그을려 노랗다

화가 붓끝에서 번진
꽃잎 혈색이 돌자
연분홍 뺨으로
그림 밖을 바라보는 가을 소녀
수채화처럼 활짝 펴
꽃물 머금은 코스모스

가을빛 이젤 위에서
풍경화 도장으로
꽃잎 낙관 찍으려는 듯
바람 방향 따라
캔버스 안에서 살랑거리는
키 큰 가을 상형문자

동백 아가씨

베란다 작은 화분에 앉은 꽃눈
목마르다며 자꾸
물 달라고 재촉해
마신 물 때문에 부푼 몽우리

사그라든 갈증에 촉촉한 망울
겨울 햇살에
껍질 밖으로 새어나온
꽃망울 핏기 붉디붉다

짙은 윤기 흐르는
녹색 한복이 고운 꽃나무
큰 호흡 한 번에
활짝 웃어
붉게 타오르는 입술

드러난 꽃술 목젖이
노랗게 물들어
가지마다 따라 웃는 망울

개화에 뒤따른 첫날 통증
머뭇거림 없이

몸 밖으로 밀어내

핏덩이처럼
툭 떨어진 꽃송이
떨어진 소리에 철렁한 아침에
초경을 한 동백 아가씨

삼월에 동백 터널을 걸으며

초가집 사이로
한복 입은 사람들이 무리지어 간다
총알에 뚫린 방패로
삼월 거리에서 핀 꽃
피멍들어 붉은 얼굴 위로 쓰러진다

피로 물든 흙
핏빛으로 꽃을 밀어내고
울먹인 향기마저
웅크린 채 떨어진다

송이째 떨어진 모습이
한복을 물들인 듯 붉어
그 마음의 씨앗
동박새가 깃털 속에 품어
상처까지 옮긴 걸까

파도처럼 넘치는 붉디 붉음
동백터널을 걸으며 밟힌 꽃길이
붉게 물든 눈으로 덮인 섬
툭 떨어진 꽃을 피해 걷는다

겨울이 만든 향수

향수 제조를 시작한 바람
모음인지 자음인지 알 수 없는
껍데기에 새겨진 나무 활자를 읽는다

겨울부터 시작된 저온 추출
찬바람이 흔든 나뭇가지 마다
껍데기 틈새를 찢은 꽃눈

추출 시간을 더할수록
몽우리로 차올라
솜사탕처럼 봉긋한 향수병으로 부풀어
완성된 꽃잎 뚜껑

바람의 조향사 손짓 따라
한 겹씩 펼쳐진다

꽃길 걸을 때
머리 위에 뿌려진 봄
흩날린 향수 세례 맞아
밖으로 나온 사람 무리

펼친 날개를 접어

꽃술 의자에 앉아 온몸을
봄 향기로 적시는 꿀벌

벚꽃거리

사고로 다리를 잃고 맞이한 첫 봄
병원 옆 벚꽃 길 입구로
휠체어를 타고 간다

이제는 두 다리로
춤 출 수 없는 춤꾼
초점 없는 눈이
벚꽃에 닿아 하얗게 아롱거려

꽃길을 걷던 걸음걸이를 기억해
춤 장단을 맞추는 다리
없는 다리에
봄바람이 시려오는 사월,
휠체어에 앉아 바라보는
꽃 핀 봄

눈빛이 나뭇가지에 걸리자
나무 허리를 잡는 봄바람
바람 어깨에 손을 올린 벚꽃
서로 마주 선 채
왈츠를 추는 거리

>
회전하며
떨어지는 꽃잎 리듬
바람 율동에 나부끼며
다리 없이 스텝을 밟는
첫 봄의 첫 춤

2부
상상으로 이어진 세상

통닭 장례식

바닥에 널브러져
깊은 잠에 빠진 닭 무더기

자면서도 악몽을 꾸는지
어떤 부리는 꽉 다물고
어떤 부리는 혀를 내민 채 굳어 있다

깃털 옷 대신
양념 옷을 수의처럼 입고
멈춘 울음은 기름 속에서 튀겨진다

화장을 한
남은 알갱이 위로
양념이 뿌려지고
소중히 싸매진 은박지

포장된 상자 틈으로 환청 같은
닭울음이 새어 나와
상자를 들썩인다

달구어진 영혼 온도가 식을까
운구를 싣고 재빠르게 떠나는 오토바이

멀어져가는 오토바이 꽁무니로

붉게,
도로에 쏟아져 내리는
통닭집 전화번호

거미 DNA

태어나면서부터 발바닥을 오므리고 펴고를 반복한다

바람에 출렁이는 줄
바람 위를 걷는 듯
나뭇가지에 시간을 걸치는 거미
나선으로 돌며
촘촘한 그물을 짠다

가로와 세로로
얽히고설킨 줄 위에서
살이 터져 굳은 발바닥

위 아래로 흔들리는 거미줄
휘청거리는 다리
줄의 반동을 균형 있게 잡기 위해
날개가 된 부채

날갯짓과 함께 새어나온 호흡
예고 없는 강풍 때문에
멈춘 발걸음,
굳은살을 버선으로 감추고
아슬아슬하게 줄을 탄다

>
맥박과 줄의 진동이 일치한 순간
어름사니에게만 유전이 되는
거미 DNA

물의 문자

물은 다 기억하지

시냇물 속으로 걸어 들어가는 다리
바지 걷어 올린 채
물속에 넣은 손

자갈 겨드랑이 들춰 찾은 미꾸라지
손바닥 잔주름까지
손금을 빠르게 읽는 몸부림
운명선이 마음에 들지 않는지

요동치는 물고기 상형문자
폭죽처럼 사방으로 튀는 물비늘
물풀보다 유연한 몸놀림은

변형이 빨라 읽기 어려워
허둥대는 손가락 틈새 비집어
뛰어내린 공중
미끈거림만 손에 남긴 채
물속으로 달아나버린 문자

키보드 두드리는 손가락처럼

동그란 지문이 수면에
물의 문자로 찍힌 과정
모두 물 주름에 기록돼 있지

장비 없이 벽을 타는 손도장

납작 찍힌 암벽 손도장
좀 더 높이 좀 더 멀리
거친 암벽을 움켜쥔 손

암벽 돌기 사이로
미로를 더듬는 손가락
바위에 난 길을 찾아
손끝 걸음은 아슬하다

홀로 얼마나 살핀 건지
풀려버린 거미손 지문
지나간 자리마다 얽혀
담쟁이 줄기로 덮인 벽

계절이 바뀔 때마다
핏빛 손바닥을 찍은 담쟁이
순간의 강풍
잎 떨어진 공간 사이로 보이는
야윈 힘줄

잘린 약지가 재생된 듯
꺾인 마디 아래

다시 두 갈래로 자란 줄기

붉은 인주로 물든 담쟁이 지문
안중근 손도장이 낙관처럼 찍혀야
완성되는 가을 암벽화

산양이 신은 구두

나뭇잎 입장권이 팔랑거린다

눈 앞 무대는
차가운 화강암 절벽
일출과 동시에 어둠의 커튼이 젖혀져
천천히 절벽 무대를 오르는 굽 소리 들린다

어미 뱃속에서부터 신은 구두 덕택에
태어나자마자 구두 모델을 하는 산양
가파른 설악산 바위에 올라 선 모습

떨어질 듯 말 듯
갈라진 틈새를 피해 디디는
아슬아슬한 발목

꿰맨 자국도 없는 완성품
구두 굽이 또각또각
절벽을 디딜 때
뽐내는 걸음걸이

찬란한 조명 없이도
부푼 털옷을 걸친 채

사뿐사뿐 바위를 탄다

발이 커지면
크기에 맞춰 자라는
생애 단 한 켤레 신발

날카로운 바위에
자석이 있는 듯 오르락내리락
닳고 닳아도 벗겨지지 않아
피라미드 그림의 전사처럼
산양은 서 있다

바다 여자

깊은 물 속 물살을 타고
흔드는 손이 보인다
발끝은 바닥에 달라붙어
가느다란 발목에 하이힐을 신은 채
바위틈에서 물결 따라 추는 춤

보는 물고기마다 유혹에 넘어가
지느러미를 흔들며 함께 춤을 춘다
유영하는 치마 끝 프릴 장식
몸에 착 붙은 녹색 의상을 입고
간내가 배도록 춤추는 여자

겨울 바다가 얼지 않게
절정에 달아오른 율동으로
가는 허리를 움켜잡고
미역으로 굳어가는 마지막 춤

잠자리 영정 사진

발걸음을 세운
거미줄에 걸린 잠자리 눈씨
스마트 폰으로 초점을 맞춰
사냥꾼과 먹잇감을 한 장에 담는다

바람 파도에도 추락하지 않고
윈드서핑을 타는 노련한 거미
잠자리를 놓치지 않아

끈적거리는 거미줄 옷걸이에
걸린 날개 옷
서서히 잦아드는 몸부림
점점 더 달라붙는 끈쩍거림

스마트폰 렌즈 앞에서
찍은 첫 촬영
영정 사진이 돼

햇빛 섞인 바람에 거미줄 출렁거리자
인사를 하는 듯
블랙오팔 빛으로 반짝거리는 눈

>
끈적임 없는 날개로
시작한 영혼 비행
따뜻한 바람에 거미줄이 출렁거린다

시간여행자

구십삼 세 외할머니가 웅얼거리신다, 귀를 기울이자
'집에 가야해
아기가 기다리고 있어
집에 가서 돌봐야해'
주름진 눈꺼풀을 깜빡깜빡
칠십 년 전 과거로 시간여행을 시작하신다

젖 물린 아기를 바라보는 듯
행복에 젖은 채 피식
아기 웃음 짓는 외할머니,
'할머니, 집에 아기 없어요
여기 몸이 불편해서 온 거예요'

순간 크게 뜬 눈
눈동자가 흑단같이 검다
시간의 블랙홀에서 빠져나와 상황을 살피는 듯
침묵 속 눈맞춤
다시 눈꺼풀을 깜빡깜빡
시간여행에서 돌아온 외할머니

시간여행을 믿어 주는
사람은 한 명도 없는데

새댁 시절 정해진 행선지
그 시간 속으로
혼자만의 나들이를 즐기신다

여독 때문일까
잠에 빠지듯 감긴 눈,
눈을 감자마자 갑자기 활짝
미소 스친 입가

얇은 입술 사이로
민들레 솜털 불 듯
가벼운 숨소리가 들린다

솜털처럼 하얀 머리카락
한 송이 할미꽃
외할머니가 침대에 누워 계신다

어머니의 항아리

어머니 돌아가신 날부터
매일 항아리를 닦는다

함박꽃 무더기 옆 장독대
외할머니가 어머니에게 주신
씨간장을 품은 항아리

안개와 뒤엉킨 먼지 묻은 표면
알몸의 항아리 아침마다 닦으면
떠오르는 어머니 얼굴

투박한 손등 같은 뚜껑을 열자
항아리 속 깊은 눈매
동그랗고 새까만 눈동자
어머니 눈동자와 마주친다

어머니 눈동자가 '간장 주랴'라고 말한다

뜨개질

탯줄이 코바늘에 걸리자 풀린 실타래
한 가닥에서
두 개의 심장이 두근거린다

배가 둥글게 부풀수록
작은 연못인 듯
출렁이는 태동

양수를 파고드는 목소리
파동 따라 밖으로 나오고 싶은지
살갗의 문을 두드린다

탯줄이 엉키지 않도록
조금씩 실을 푸는 엄마
매듭을 지을 때까지

자음과 모음이 필요 없는 대화로
어둠을 밀어낸 만큼
몸을 키우는 아기가
낯설지 않도록
실에 체온을 엮는 엄마

\>

책 한 권 쓰려는 걸까
뱃속에서 손가락을 꼼지락거리는 아기
시간이 지날수록
귀퉁이가 닳아 낡을
책 같은 생애

얽히고설킨 문장 같은
실타래를 엮는지

엄마 따라
작은 손가락을 움직이는 손짓
실뭉치처럼 따뜻하다

쇼윈도 앞에서

쇼윈도에 선다
어둠의 장막이 쳐진 서울
고정된 조명이 은은한 빛을 뿜어
심장도 없이 텅 빈 몸
죽은 소라처럼 고요한 껍데기를 비춘다

음성 언어도 없이 사람을 유혹하는 몸짓
계절마다 옷을 갈아입어
꽃처럼 화사하지만
창밖만 응시하는 텅 빈 눈,
긴 눈 맞춤에도 침묵하는 시선
고독은 깨어나지 않는다

다가오는 손길
분리된 팔과 다리
비명마저 봉인해
독백조차 잊은 마네킹

옷을 벗자
찰나의 누드모델이 돼
유리 상자에 담긴 누드화 한 폭

＞
흘러가는 영상 속
홀로 정지한 필름 같은 삶
폐기처리 될 때까지

껍데기 작은 틈새로 들어와
바람의 피가 도는 소리가
쇼윈도에 진열된 플라스틱 비너스로
몸통을 가득 채운다

노을 사슴

검은 커텐을
걷어 올린 사이로
발걸음을 흡수하는
전시실의 희미한 불빛

스치는 눈동자를
멈추게 하는
눈에 비친 노을이
한 마리 사슴인 듯
나를 바라본다

타오르는 불꽃으로
털갈이하는 구름들
뿔에 받혔는지
붉은 울음으로 울어

발굽에 놀란 하늘이
수채화로 번져
어둠이 내리는 길목

저녁 바람이 서서히 몰려든다

선비족이 사는 바다

태어날 때부터
몸에 지닌 흰 삿갓
밤바다 수면에
써보는 붓글씨

유연한 물비늘
물결로 출렁거리며
떠다니는 문장들

갈고리로 잡으려고
짧은 팔 긴 마음만
바다의 심장 속에
첩첩이 쌓여

다물지 못한 그득한 입에
바닷물로 둥근 수결을 쓴다

고속도로 묵시록

탱크로리 한 대
고속도로 궤도에 진입한다
블랙홀처럼 차를 빨아들이는 고속도로

앞을 향해 돌진한 핸들
차체가 흔들리더니 낮술에 취한 듯
폭설과 섞여 비틀거리는 바퀴 자국

블랙아이스 위에서 회전해
굉음 따라 엉킨 차들

앰뷸런스 울음이 까마귀 떼로
도로의 허공을 채운 일요일
장송곡으로 변주돼 울린다

사이렌에게 홀린 듯
미사곡 따라
건반 계단을 밟으며 들어간 성당

사슴처럼 긴 목을 가진
여배우가 창백한 얼굴로
관 속에 누워있다

\>
파이프 오르간 선율 따라
양 볼을 타고 흘러내리는 눈물

연기 동행을 약속한 친구
가슴 위에 자필 편지를 올려
마지막 인사를 대신하는데

물안개 내린 듯 뿌연 눈
잠깐의 외출이라더니
영원한 외출을 한 친구

진혼 미사곡이
에소프레소 향기를 머금은 걸까
입 안이 씁쓸해

얼굴 들어 바라본 창문,
목화솜처럼 굵어진 눈발
밖으로 나서자
커진 눈이 휘핑크림처럼 쌓인다

목격자 진술

케르베로스에게 쫓기는 걸까
저수지 옆 갈대숲에서 튀어나온
카멜색 털 코트를 입은
가녀린 발목

또각거리는 굽소리
횡단보도에 다다르지 못한 채
건너편으로 빠르게 뛴다

박자가 어긋난 뜀박질에
도로 중앙 펜스에 부딪힌 다리
무릎뼈가 욱신거리는지

철로 된 명줄을 넘는 듯
신음을 삼킨 입
상처 통증도 느끼지 못한 채
다시 시도한 점프

녹색 신호등으로 바뀐 도로
술래처럼 뒤따른
개떼는 추적을 멈추고
환청같이 멀어지는 고라니를 본다

>
실밥으로 꿰맬 여유가 없어
벌어진 상처가 더 벌어진다

무단횡단을 하는 고라니
마주친 눈이 낮달 같아
뒤를 자꾸만 돌아봐
멈칫하는 고라니를 밀어주는 골바람

타락 천사

아내와 이혼한 후부터 두 개로 늘어난 그림자
교실 계단을 따라다녀
오르내릴수록 선명해지는 형상

교실 창가마다 늘어나는 거미
털 뭉치처럼
푹신한 깃털로 보이는 거미줄,
손가락에 둘둘 말린 거미줄 반지
백금같이 단단하게 굳어

손끝 발끝에 달라붙은 끈적함
풀려버린 지문 따라
꼭두각시인 듯 허공에 매달린 팔과 다리
고치가 될 때까지
칭칭 감기는 은빛 실 가닥

비명까지 공중에 고정되고서야 보이는
검정 담비 눈
여덟 개의 다리
은빛 줄을 엉덩이에서 뽑아
온 몸을 흔들어대

\>
낫 같은 입을 벌리자
사방에서 부는 바람
진동이 커지는 거미줄
거꾸로 매달린 루시퍼 그녀가
목 근처로 점점 다가온다,

3부
일상에서 일어나는 변주

구름이 쓴 캘리그라피

한 획에서 수천 획으로
나뉜 빗방울 낙하

우산에 부딪쳐
사방으로 튀는 점자가 투명해

흘림체로 흘러
꼭짓점에 모인 마침표

미처 긋지 못한 획수는
남겨 버린 채
툴툴 털어 버스에 오른다

달리는 창문에 휘갈긴 글씨
바람체로 기울어져

비가 멈추자
증발해버리는 글자들

잉크 떨어진 펜을
내려놓는 구름 명필

해킹

구리선으로 된 뱀
여러 겹 겹쳐져
전기 신호를 보내는 밤

노트북은 스스로 켜져
나타난 파란 눈빛 뱀
이진법 숫자로 된 혓바닥을 날름거려
커서로 깜빡깜빡
최면 신호를 보낸다

포트에 꽂힌
리더기를 물어버린 입
메모리까지 독니 박히기 전에
핏발 선 눈동자 따라
비행모드를 켜버린 손가락

지문에서 풀린 백신이 닿자마자
파란 이빨이 빠지고
떨어져나간 머리
가죽이 벗겨져
분해된 뼈마디

>
파열된 내장이 떠도는 모니터 안
01010101
무선의 뱀들이 이진법으로 흩어져버린다

간주곡

긴장이 풀린
관객들 눈 속에서
한 남자가
무대를 지나갔다

연주가 여전히
진행 중인
무대 속으로

밝은 조명 아래
길을 내며 지나가는
조심스러운 발걸음

건반을 디디는지
길에서 연주소리가
간이역 같이 스쳐갔다

개운죽

내 방 책상 위에
겨울이면 떠나버리는 녀석
개운죽을 검색창에 넣고
새로운 죽음을 맞는다

커서가 깜빡일수록
강해지는 음지의 생명력
겨우네, 누렇게 뒤틀린
팔 몇 개를
바라보는 창마다
축축한 눈빛

가는 숨결도 멈춘
팔을 끊어버려
몸통만 파리할 뿐,

빼꼼히 내민
연둣빛 순이
봄날을 불편하고 개운하게 한다

바이올린 연주자가 보내는 신호

라디오 전원으로
다가가는 손길
간지러운지 지직거리는 주파수

잡음이 멈추자
제대로 들리는 바이올린 소리
현에서 전해진 음표가
방구석으로 번져간다

순간마다 이동하는 템포
바이올리니스트 손놀림이 떠오르는 게
거미가 줄을 뽑듯
스피커 울림이 와 닿는 듯하다

주파수를 타고 넘어오는
바이올린의 소리
악장 넘어가듯
몇 장의 악보 속으로
기울어가는 음계

내 생애는 어느 자리인지
주파수 맞지 않는 라디오처럼

가끔은 음 이탈을 하는
불안한 바이올린 연주자

주꾸미 장례 문화

몸이 기억하는 건 바다뿐인지
파도를 닮은 다리
냄비 안에서
물결 곡선으로 꿈틀거린다

바닥이 달궈질수록
추가된 매운 양념
요동치는 폭풍우처럼
삶의 바닥을 핥는 다리

매운 온도에 굳어가는
여덟 가닥의 너울거림
가위질에 토막 난 ㅈㅜㄲㅜㅁ ㅣ

모든 기억이 익어 톡톡
입 안에서 터진 주꾸미 알
불 냄새가 담긴 마지막 인사까지
입술에 닿아 매콤해

제 살로 하객을 대접하는 항구 장례식
술 한 잔에 고별을 담아
카운터에 조의금을 올린 조문객

>
가성비 있는 맛집 밖으로
바다의 짠 내를 품은 긴 줄
북풍 따라 몰려든 소문
물결 같은 조문 줄이 출렁거린다

사이렌 소리를 들을 때마다

지중해 크루즈에서 파도 소리를 들은 적이 있다

바닷가 모래알과 부딪쳐
사이렌의 노래 같던,
그 파도 소리가 이제는
육지에서 울린다

혼잡한 도로 위에서
호흡이 느려진 아이를 안고
주저앉아 흐느끼는 사이렌

어깨가 물결치듯이 들썩거린다
몇 명의 바닷사람을 귀먹게 했는지
질주하지 못하는 구급차 안에는
정체된 울음

바닥에 부딪힌 울음 파장
가슴속에서 풍선처럼 부풀어
목에 핏대서는 소리

허공을 향해
빙글빙글 돌아

건물 사이로 번져나간다

지중해로부터 밀려온 진혼곡
해일로 몰아쳐 부딪친 바위
파도 거품으로 부셔진다

아이의 동공이 풀릴수록
갈라지는 음성

바다가 아닌 육지에서
울리는 사이렌
사이렌이 진짜 사이렌으로 울린다

어떤 잡채

외할머니가 들려준 이야기는 구십사 세에 끝난다

불 꺼진 어둠이 익숙해진 방 안
할머니와 나란히 누우면
색색의 색이 섞인 음식이 상에 놓인다

짭조름한 간장에 물든
까무잡잡한 당면
유연한 몸놀림 사이로
고르게 채 친 당근
날씬한 선홍빛으로 삐져나와
기름에 볶아 윤기 나는 버섯

간이 밴 소고기와 함께
한 젓가락에 잡히는데,
잔칫상 앞에서
북적거리는 식사를 시작하면
모인 사람 모두
수북한 잡채가 된다

입안에서 아삭한 식감
양파는 달달해

씹을수록 고소한 시금치는 초록빛
이야기를 혀끝에
천천히 풀게 만드는
조물조물 버무린 외할머니 손맛은

노랗고 하얀 지단 위에
실잠자리보다 가늘고 빨간
실고추 고명까지 한 그릇에
여러 색이 섞여서 화사한 잡채

친척, 이웃, 넝마주이까지 대접하면
비움과 채움을 반복하는 그릇
음식으로 평등이 되는 날
앞마당까지 잡채 같은 손님이 모여든다

입에서 톡 터진 참깨
참기름 냄새와 섞여
고소함 때문에 무르익는 노을
노을 양념이 골고루
밴 저녁 하늘 아래
즐거운 젓가락질로
흥성흥성한 홍은동 잔칫날

>
흑백사진 한 장 같은 외할머니 기억이
노을에 천천히 물든 잡채처럼
한 꺼풀 어두운 밤
외할머니 눈꺼풀을 천천히 덮는다

느티나무 고목

607호 침대에 가만히 잠든 남자를 본다

느티나무 고목이 태풍에 쓰러진 듯
누워 있는 남자
이불 밖으로 나온
느티나무 같은 손등 위에
내 손을 포갠다

사계절 찬바람에 껍질처럼 거칠어진
바람도 뚫을 수 없는
아버지 손등
노동으로 툭 불거진
손가락 마디마디 사이로

죽은 닭들이 비치고
불타는 계사가 비치고
이리저리 뛰다가 털썩
바닥에 주저앉은 남자가 보인다

땀 흘린 육체를
시원하게 해주는 바람
척추에 구멍을 낸 걸까

>
가쁜 숨을
몰아쉰 시간이 지나도
아직도 태풍이 부는지

천천히 진행된 골절
골다공증처럼 느티나무 고목은
서서히 속을 비운다

빈 곳을 향해
기울어진 나이테 따라
금이 가도 재생되기 힘든 척추

느티나무처럼 말없는 남자가
속이 텅 빈 고목이 돼 누워 있다

고엽

월남 전쟁 때
풀숲에서 맨손으로
가루를 뿌린 적이 있는 오빠

한국으로 돌아온 후
나이 들수록
제초제에 맞은 듯
서서히 앞으로 굽는 척추
몸의 무게가 땅으로 떨어진다

오빠
　오빠
　　오빠

몇 번을 불러야
잠깐 고개 드는 청각
해가 갈수록 짧아진 대화
자꾸만 땅으로 떨어지는
멀어진 시선

신경 따라 구석구석
점령한 고엽제 때문일까

몸의 떨림이 커질수록 줄어든 보폭
느릿한 걸음걸이 때문에
부모님 산소에 다다라
노을에 갇혀 버린 오빠

작고 작아진 그림자
등 굽은 앉은뱅이 꽃으로
묘지 옆에 털썩
주저앉아 노을에 물든 오빠

검붉은 한 송이
할미꽃 따라 고개를 숙여,
땀 젖은 머리카락이
산바람에 새어 하얗다

동거

잠이 오지 않는
여인숙에서 묶은 밤
허락도 없이 들어온 달빛이
벽을 기어가는 거미를 비춘다

덤불 같은 어둠 속으로 기어가는
거미의 자국이 투명해
뒤척임에 가다서다를 반복하며
벽을 타고 가는 어머니

팔다리를 한번 펴고는
대답도 없이 허공을 올라
방 너머로 들려오는 어머니 목소리
문지방까지 밥상을 가지고 와
밥 먹으라고 잔소리를 한다

거미가 사라진 빈 곳으로
내리는 눈발
어머니가 차려준 밥상은
여전히 따뜻하다

어둠을 더듬는 달빛이

미로 같은 거미줄까지 번져
어머니 잔소리가 그리운,
잠이 오지 않는 밤

골든타임

헬리콥터 한 대가 바다를 스친다

머뭇거림이 없는 비행
숨 가쁜 흰꼬리수리가 되어 날아간다

섬을 이륙하자
비좁은 헬리콥터에 실린
환자의 심장이 식어
박동이 느려질수록
가열된 프로펠러 소리
사이렌으로 울리는 하늘

호흡의 한계선까지 다다른 숨결을
부여잡은 손놀림
빠른 봉합으로
붉게 물든 숨은 울컥울컥
파열된 온기를 사방으로 뿜는다

방향을 바꿔
가로막는 바람 때문에
줄어든 골든타임
바람을 휘젓는 피비린내 진동해

\>
헬기에서 카론의 배로 갈아타려는지
식어가는 체온으로
수술실 향한 환자
퉁퉁 부은 얼굴로
차가운 수술대에 놓인다

수술실 앞에서 서성거리는
환자의 호흡
끊어질 듯
말 듯 한 서성거림

숨결을 붙잡기 위해
심장 주파수에 맞추자
멍든 핏줄처럼
푸르스름한 실핏줄로 연결된 심전계

한 줄 기계음으로 울음을 터트리고 만다

마스크

마스크를 쓴 풍경이 일상이다
길거리를 따라 산골까지
터벅터벅 걸어가는 바이러스

발자국을 뒤쫓아 보지만
추적은 중간에 끊어지고 말아,
경로를 알 수 없어
늘어가는 확진자
바이러스를 차단하기 위해
마스크 두께가 두꺼워진다

호흡을 막는 것 같아
답답한 가슴
사람을 만나면 숨죽여
적정한 거리두기,
공중에 걸려버린
팽팽한 눈짓 신호

좁은 산길까지 다다른 바이러스
대지를 덮은 시멘트 마스크
속내를 들추지 않으면
어두운 축축함을 누가 알까

\>

포장길 가장자리 잡초 따라
지나가는 누런 노래기
청진기를 바짝 갖다 대야
숨 가쁜 소리를 들을 수 있을지
마스크 안의 숨결
새벽 물방울로 눅눅해

땀과 뒤엉킨 마스크를 쓴 채
시멘트 마스크 위를 걷는 일상,
깊은 잠에 취한 장마에도 늘어나는
비릿한 비 냄새 나는 거리

감나무에 걸린 전화기

스마트폰으로 통화하는 아이를 보면
죽은 아이가 생각난다
사진 속에 갇혀 자라지 않는 아이

홍시를 좋아해
아이가 마당에 심은 감나무
하늘 향해 여러 개의 팔을 뻗는다

바람에 흔들린 가지가
지지직거리는 통화음으로
들릴 것 같은 착각에
감나무 꼭대기에 걸어 놓은 전화기

수신과 발신이 끊긴 지 수 년째
스마트폰을 손바닥에 올려놓고
하늘만 바라보는 시간이 늘어간다

잘 익은 홍시로 물든 가을
감나무 마당으로 날아온
까치 한 마리
통화하듯 움직이는 부리

＞

가지에 걸쳐놓은 전화기 앞에서
새 언어로 알아듣고 날아가는 까치
떫은 감을 씹은 듯 전화기에서
텁텁한 울음소리가 난다

홍시

어머니의 잔기침이 홍시처럼 떨어진다

자신의 임종을 예감하는지
머리맡이며 이부자리며
지나는 기차 소리를 들을 때마다
깨끗이 정리하시는 어머니
곧 자신이 타고
떠날 거라 하신다

스스로 갠 수의를 둘러보며
더 이상 밥을
드시지 않는 모습
목구멍에서 터진 새 울음소리가
새 떼의 눈물을 섞으며
마을 뒷산으로 날아간다

안개가 끼는지
뿌옇게 변하는 어머니 눈동자
어긋난 초점과 초점,
눈물처럼 홍시가 떨어지는 마당

까치가 울면 반가운 손님이 온다는데

가지에 매달린 홍시처럼
앉아 있는 까치와 눈을 맞추는 기일

감나무 백화점

서로 짚어주는 철근 어깨 휘어져
감나무 백화점이 쓰러진다
윤기 나는 감들이 우르르 떨어진다

잔해 밑에 깔린
녹색 감
지하에 갇힌 떫은맛이
낮과 밤을 구분하지 못한 채
시나브로 껍질 색을 바꾸려 한다

시기 맞춰 익은 홍시에게
안부를 묻는 손님,
홍시가 대답한다

노을 같은 홍시가
되기 전까지 버틴 시간
가슴에 비석으로 새겨진 걸까요

다들 잊으라고 하는데
쨍한 햇살 아래서도 가슴의 씨앗
싹을 틔울지 말지 망설여져요

\>
어둠의 껍질 속에 갇힌
한 마리 새끼 새가 된 거 같아요
움츠린 몸을 뒤척이면
잔해처럼 껍질이 부서질까
움츠린 몸을 더더 오그려요,

사월에는 깊은 잠수를 한다

깊은 잠수를 하는 사월
바닥을 향할수록 짙어진 어둠
침몰한 배 앞에서 숨을 고르자

좁은 통로에 떠있는
뒤집힌 배에 갇힌 아이
학생증을 손에 꼭 쥔 채로
배 밖을 가리킨다

산책하는 발걸음에 채인 개미처럼
고통으로 발버둥 친 배 안
뒤척임도 없는 공기방울
물결에 흔들리기만 하는
주검 같은 침묵

떼 지은 작은 물고기가
심해로 사라지는 모습에
수압으로 내려앉은 눈
눈물처럼 바닷물이 고인다

세월이 지나도 늙지 않을
세월 덫에 걸린 아이,

눈물 화수분이 된 걸까

수면이 가까워진 그때
물고기를 닮은 눈에
고이는 푸른 눈물

포커페이스

불붙은 제사 향 오름이 하얗다
타오르는 향연기가 바람에 흔들리자
가지런한 손등을 내려다보는
불신이 가득 찬 눈동자

단정한 옷차림을 한 채로
바람에 말라가는 혓바닥
허기만 받아들이는
스펀지 같은 뱃속

몇 년째
겉과 안을 알 수 없는
뫼비우스 띠 꼬리에 채여
멍 자국뿐인 얼굴

타 들어간 향 끝에서
뒤틀린 날개로
허물 벗듯 날아오르는 연기

온기 사라진 음식 앞에서
음복을 할지 말지
망설이는 입김

\>
피운 향로 위에
빠져나간 연기 꼬리
혼령의 호통이 불통不通이라는
검은 재로 떨어진다

속내를 알 수 없는
검은 먼지를 털고서
제자리에 앉아
안면만 삼켜대는 쓸쓸한 기일

4부
다리를 잘라버린 뱀

변온 동물이 된 이유

하얀 배 비늘이
표면에 닿자마자
다음 글자로 넘어가는 속독

바코드로 찍듯
몸에 밴
익숙한 몸짓이 매끄럽다

봄부터 가을까지 쌓인
독서의 피로 겨울잠으로
땅굴에 벗어 놓은 채

독서량만큼 길어진 길이
난태생 독서광이
산 밑으로 하는 행진
제각각 다른 길이
긴 문장

독서하기 좋아
도서관을 찾아 하산하는 봄
촘촘한 비늘 문자가
백악기 갑옷처럼 문신된 채

>
햇빛에 데워진 지면 따라
꼼꼼히 읽어 내려가는
미끄러운 한 줄
알파벳 'S'자로 배밀이 한다

뱀 독서법

흔적이 들킬까봐
알에서 나올 때부터
'ㅣ'모음 모양으로
다리를 잘라버린 뱀

물낯을 건너는 듯
흙냄새를 맡는 듯
알파벳 'S' 모양 굴곡으로
읽어 내려가는 맨 몸 독서

태생부터 한 획으로
글자 그 자체인
머리부터 꼬리까지 유연한 획수
지면을 핥을 때
혓바닥은 두 갈래로 갈라져

바퀴가 저지른 속독에 의해
완독하지 못한 길 위에서
납작하게 박제가 되어도
장소를 가리지 않는 독서광

몸의 문장을 지우려는지

허물마저 벗어 던진 채
빛바랜 하얀 낙관을
아스팔트에 엎드려 찍고 있다

메두사 머리카락

인간의 머리카락에서 깨어날 때가 있다
깨어나기 위해 독기를 견뎌야 한다

약품이 스며들면
긴장이 풀린 머리카락
독성을 움켜잡아 유연해진다

초침이 콕콕 찌르는 듯 따끔한 두피
축축한 시간을 견디자
중화된 독기
탄력 있는 스프링처럼
드러난 뱀의 굴곡

먹이를 무는 뱀같이
타인의 시선을 훔치는
메두사 머리카락으로 변해

땅 위를 미끄러지듯
걸어가는 등뒤로
물결인 듯 찰랑거리는 머릿결

시간의 해독으로

구불거림이 풀릴 때까지
거리의 시선을 온몸으로 즐긴다

햇살에 데워져 따뜻한 등에서
꿈틀거리는 바람의 혓바닥
가느다란 허리를 흔들어
찰랑거리는 머리카락을 가진 메두사

상형문자 유래

붉은 상형문자가 바람에 쏟아진다
만행 나간 'ㅣ'문자
다리 없는 몸으로
돌아다니는 나뭇잎 경전

단풍이 바스락거리는 소리에
자세를 낮추는 상형문자
낮달이 뜨면 나뭇가지에
낙엽이 달의 상형을 새기다
갑골의 등을 밟고 지나간다

소나무 껍질에 나타난
문자의 길은 거칠어
산새들이 쪼아먹고
독경으로 배설하는 숨소리

고요한 산이 미로를 만들며
눈을 맞추는 노을빛
나뭇가지까지 번져

단풍에 벗겨진 허물이
바람 소리를 내며 조문하듯
산길을 찢으며 운다

물뱀에 대한 소문

인터넷을 떠도는 소문 때문에 고막을 막는다

바닷물에 환청을 씻으려
뛰어내린 절벽
안개 걷힌 절벽 끝에 놓인
신발 한 쌍
짧은 유언 한 마디 없다고
깨문 입술

수압에 벗겨진 허물
단단해진 비늘은 심해까지 흘러
소문을 튕겨내고 지느러미까지 완벽한
한 줄기 바다 상형문자로
해류를 거슬러 유영한다

크고 작은 상처로 덮인 몸
머리부터 꼬리까지 벗겨진 껍질이
거품처럼 해류에 떠내려가버려
형형색색 비늘로 덮인 물뱀
한 줄기 바다의 문장이 되어 헤엄쳐

허물은 더 이상, 허물이 아니다

상강霜降

뒷걸음치다 나뭇가지에
걸린 늦여름
가을을 감지하여
산바람의 손을 잡는다

허공을 핥으며
불어나는 낙엽이라는 혀
뱀의 혓바닥처럼 날름거려

소용돌이로 기어 바스락바스락
부딪친 뱀 비늘 소리
차가운 인도

길을 이탈한 낙엽은
허물인 척 바닥에 붙어
나무가 버린 미아가 되는 밤

추위 타는
멧새 우는 소리
가슴 솜털을 부풀린 채
서리가 묻어 내린다

강이 폭음할 때

가뭄 때문에
허물 벗지 못한 강
장마철 빗줄기에 불은 껍데기
똬리를 풀어

길을 침범한 물살에
몸을 비벼대
흔들리는 허리
긴 물결처럼 흘러내린다

다리도 없이 수면에서
급류를 타는 꿈틀거림
구불거리는 곡선

사방을 헤집는 꼬리 축축해
흙탕물 비늘로 덮인 채
추는 물뱀 춤

폭음하는 배 여기저기 터져
구멍이 난 강줄기
새는 물길에도 다물지 않는 입

\>

소나무 발목을 물고 늘어지다
탈골된 턱관절
물거품으로 범벅된 채
진흙더미 하류로 미끄러져

흙길을 찾지 못한 물줄기
도로를 헤매는 소용돌이
어지러워 토한 흙물

역류해 높아지는 수위
벌어진 턱뼈 사이로
주택가가 빠르게 삼켜진다

숨바꼭질

바람결에 귀 기울이자
외상없는 상태를 살펴보라는
잡초의 수군거림을 듣는다

낮달을 따라가다 길을 잃은
마지막 몸부림
허연 배를 뒤집어
수의처럼 드러낸 채

햇살을 품듯
긴 몸으로 말은
물방울 똬리

유연한 척추 따라
도미노 쓰러지듯 가지런한
매끈한 배 비늘이 하얘

바퀴가 지나갈 때마다
영혼 벗은 허물
납작하게 고정돼
술래가 찾기 힘든 표시

\>
점점이 까맣게 타이어 자국처럼
도로 위 마침표로
그림자처럼 숨는 새끼 뱀

얼음 독사

늦겨울 얇아진 얼음 저수지 디디다
사방으로 튀어 반짝거리는 파편
'아' 외마디를 삼킨 어금니

디딘 발자국 무게가 무거워
겨울 독 가득 오른 얼음 독니
발목 물려 빠진
얼음 가장자리 날카롭다

봉인이 풀린 물길
얼음 저수지 수면으로 드러난
검은 꼬리 뱀
갈라진 틈으로 끌려 들어가는 몸

중앙에서 바깥으로 계속 갈라진 얼음 따라
저수지 주변에 부는
사이렌 눈바람 소리

몸속까지 전해진 찬기에
식어가는 맥박
부서진 얼음 속도 따라
끊어질 듯 이어지는 뱀의 꼬리

\>
얼음 덫에 걸린 발버둥
출구를 찾지 못하게
더 크게 벌린 입

독니에 물려
핏줄에 퍼지는 한기
굳어가는 관절
빠져나오기 힘든
얼음 독사가 사는 동굴 입구,

사랑은 허물을 벗는다

첫사랑과 헤어진 다리 아래
물 위를 기어가는
뱀 한 마리 보인다

멀어지고 나서야 보이는 모습
물결에 몸을 맡긴 듯
미끄러운 몸매

일렁거리는 알파벳 'S'
잘록한 허리
발자국도 없는 뒷모습

두 갈래로 갈라진
혀끝 밀어가
억새 사이로 파고들어
점점 멀어지는 'S'

고개를 드니
빈 허물만 남아,
등 돌린 낮달
붉은 발도장 찍은 노을

>
얼굴에서 떨어진 물방울
강물에 떨어지는 빗방울이 마침표 같아
소나기에 물큰하고 물비린내 번진다

자의식으로 발화되는 시편 혹은 몸짓들

권혁재 문학평론가

자의식으로 발화되는 시편 혹은 몸짓들

권혁재 문학평론가

　전금란의 시세계는 무거우면서 가볍고 차가우면서도 따뜻하다. 그의 시선은 사물과 사건에 대한 인식에서 자아를 성찰하고 뱀이라는 특정의 대상으로부터는 자의식과 더불어 그로 인한 독특한 몸짓으로 삶을 통찰함과 동시에 자아를 되돌아보는 계기를 마련하기도 한다. 그의 이런 부단한 관심은 시를 통해 주조되는 감각과 시편들로 발화된다. 이를 자의식으로 발화되는 시편 혹은 그 몸짓들이라고 해도 무방하다. 전금란이 시를 운행하는 방식이 어두운 유화 속에 감춘 밝은 수채화 같은 기술방식을 취하고 있다는 느낌이 든다. 그의 시세계에는 다양한 시적 기술의 실험적 표현이 곳곳에 산재한다. 이를테면 "벚꽃, 대나무, 고목, 감나무, 동백" 등의 식물적인 것과 "개, 통닭, 거미, 산양, 잠자리, 사슴, 뱀" 등의 동물적인 것에서 개별성을 확장하여 자의식으로 시편을 발화해낸다. 전금란의 시는 사물과 사건에 대한 자의식과 "뱀"이라는 특정의 대상에 대한 두 부류의 자의식이 내재하는 특징을 지닌다.

여타의 시인들이 산문적인 상상력에 기반을 둔 시작법에 치중하였다면, 전금란은 다른 시작법을 시도하려는 초점에 무게를 두고 그만의 세계를 서서히 다져 온 것으로 알고 있다. 은유의 과도한 낭비로 인해 시 속을 보지 않고 시밖만 핥아 온 "과잉 표현"의 시가 있는 반면에 그의 시작 태도와 상상력의 집중은 두꺼운 유화를 걷어낸 순수한 서정의 한 장면으로 일관되게 다가온다. 이 순수한 서정 속에는 일상 속에서 되새기는 자아와 삶에 대한 끝없는 상상력으로 발화하는 자의식이 내장되어 있다. 이러한 자의식은 위안부로 끌려가 "잔뜩 움츠린/ 소녀의 알몸"(「꽃댕기」)이나 "바람이 불 때마다/ 한들한들 흔들리는" "목선이 가느다란 여자아이"(「코스모스 소녀」), 또는 "나뭇가지에 시간을 걸치는 거미"(「거미 DNA」)나 "사진 속에 갇혀 자라지 않는 아이"(「감나무에 걸린 전화기」) 등에서 존재론적 탐색을 하며 드러낸다. 더 나아가서는 "멀어지고 나서야 보이는 뱀의 미끄러운 몸매"(「사랑은 허물을 벗는다」)에서 헤어진 첫사랑을 "등 돌린 낮달"로 파헤쳐내어 늦게나마 깨닫게 되는 "빈 허물"로 아련하게 추적하기도 한다.

　　　창가를 통해 보는 꽃밭
　　　유언을 말하는 아내처럼
　　　꽃잎 입술이 바람에 떨린다

　　　자궁을 닮아 부푼 씨방
　　　노랗게 익은 씨앗 주머니
　　　큰기침 한 번에

사방으로 튀어나간
사리 알 같은
작은 씨앗

마당에 핀 봉선화처럼
움직임이 없는
병실의 아내
여름과 가을
계절 옷을 갈아입어

봉선화 씨앗 주머니가 터지듯
아픈 아이들에게
씨앗을 나눈 꽃씨 여인

내 사랑
꽃씨 여인 떠난 뒤,
내 머리카락에 서리가 내려 하얗다
　　　　—「꽃씨 여인」 전문

　전금란은 "마당에 핀 봉선화"에서 "병실의 아내" 그리고
"내 머리카락에 내린 하얀 서리"의 정경을 존재론적 시선으
로 자의식을 잘 정치하여 빚어낸다. 특히 "유언을 말하는
아내"에서 "자궁을 닮아 부푼 씨방"의 부분에 이르러서는
아내의 병이 위중함을 의식하게 해준다. 머지않아 아내는
"봉선화 씨앗 주머니가 터지듯" 떠나갈 것이고 화자는 그런

"꽃씨 여인"을 바라보며 삶의 존재를 새삼 되새기는 자의식의 내면과 마주치게 된다. 우리가 알고 있는 삶과 죽음에 대한 의미는 사람마다 다를 것이다. 그것은 각자의 가치관이나 사유하는 세계가 다른 데서 관계가 깊은 연유에서다.

화자는 "창가를 통해 보는 꽃밭"에서 봉선화를 보고 있지만 "꽃잎 입술이 바람에" 떨리고 "큰기침 한 번에// 사방으로 튀어 나간/ 사리알 같은" 불안한 징조에 직면하게 된다. "움직임이 없는/ 병실의 아내"와 언제 터질지 모르는 "아픈 아이들에게/ 씨앗을 나눈 꽃씨 여인"을 안타깝게 바라보는 시선은 머리카락에 서리가 내릴 정도로 이타적인 자의식으로 가득 차 있기까지 하다. 이러한 자의식은 "계절 옷을 갈아"입고 "씨앗을 나눈 꽃씨 여인"에서 "내 사랑/ 꽃씨 여인 떠난" 것으로 각인시켜 내고 있다.

바람에 떠는 꽃잎 입술, 노랗게 익은 씨앗, 아픈 아이들, 내 사랑, 꽃씨 여인 등의 이미지들은 화자가 지적하고자 한 궁극적인 자의식의 내면이다. 떨리고, 터지고, 튀어 나간 작은 씨앗 등은 개별성을 가진 자의식으로 화자의 본모습뿐만 아니라 현재를 살아가고 있는 우리들의 삶과 동떨어지지 않는 실제적인 모습이라는 점에서 이 시가 풍기고 있는 의미가 남다르다고 할 수 있다. 이외에도 "바닥에 닿는 순간 야생마처럼"(「사랑은 봄비처럼」) 튀는 봄비 소리나 "빨갛게 터져버린 나팔꽃"(「아가미가 꽃으로 핀다」)을 통해 전봇대를 타고 오르는 생명의 살랑거림을 응시하는 행위나 혹은 "캔버스 안에서 살랑거리는/ 키 큰 가을 상형문자"(「코스모스 소녀」)에서 수채화처럼 활짝 피어 한들한들 흔들리는 코스모스의 몸짓을 통해 일상적인 삶의 장면을 환기시켜 자의식에 대한 깊은 성찰과 비애를 감각적으로 들춰내고 있다.

  이번에 상재 한 전금란의 시집 『벚꽃 칸타타로 떨어지는 봄을 본다』는 타나토스나 코나투스 중 어느 한 방향으로 치우치지 않고 균형을 잘 맞춘 위치에서 자의식을 인식한다는 데서 그 의미를 찾을 수 있다. 그래서 그의 시세계는 비관적이나 부정적이지 않고 그가 지닌 개별적인 자의식으로 시를 더 깊고 내밀하게 한다. 화자나 시인이 이러한 세계관이나 사유하는 인식의 폭에 따라 시를 대하는 방식이나 방향이 다를 수밖에 없다. 전금란의 시에서는 세상의 모습이 문명의 이기나 폐해로 얼룩지는 면도 없지 않게 시석하고 있으나 거개의 작품은 화자로 전이된 대상을 통해 살갑고 진정성 있는 내밀성으로 통찰하기도 한다. 그 일례로 꼽을 수 있는 작품이 「어머니 항아리」이다.

어머니 돌아가신 날부터
매일 항아리를 닦는다

함박꽃 무더기 옆 장독대
외할머니가 어머니에게 주신
씨간장을 품은 항아리

안개와 뒤엉킨 먼지 묻은 표면
알몸의 항아리 아침마다 닦으면
떠오르는 어머니 얼굴

투박한 손등 같은 뚜껑을 열자
항아리 속 깊은 눈매
동그랗고 새까만 눈동자
어머니 눈동자와 마주친다

어머니 눈동자가 '간장 주랴'라고 말한다
— 「어머니 항아리」 전문

　화자가 바라보는 "어머니 항아리"는 안타까운 외할머니의 죽음과 매일 항아리를 닦는 어머니 사이에서 비롯되는 어머니와 외할머니의 삶과 무관하지 않다. 사람이 사람과 맺는 관계는 많은 대화와 몸짓에서 우러나는 소통에서 이루어진다. 시는 시인의 감각과 정서를 나타내는 것이기도 하지만 화자의 메시지나 코드를 독자에게 전달하여 감동시키는 것과 마찬가지로 타자나 사물에서 비롯된 사유를 획득하는 기능을 갖게 해준다.

　전금란의 시에서는 시의 미학보다는 정서나 사건으로 인한 비애나 회한을 자의식으로 잘 걸러내고 있다. 「어머니의 항아리」는 시의 슬픈 전개가 애잔하게 드러나고 있으며, 시 속의 이미지를 진지하게 그려내어 배치시켜 놓는다. 그런데 이 시를 좀 더 자세히 들여다보면 "어머니"가 중의적인 의미로 존재하는 "어머니"라는 사실을 알 수 있다. 하나의 어머니는 어머니의 어머니인 외할머니이고 다른 하나의 어머니는 화자가 부르는 어머니이다. "어머니 돌아가신 날부터/ 매일 항아리를 닦는" 어머니의 모습에서 화자는 어머니의 어머니인 즉, 씨간장을 어머니에게 주신 외할머니

를 떠올린다. 그리고 "안개와 뒤엉킨 먼지 묻은 표면"을 아
침마다 닦는 어머니의 모습에서 외할머니의 얼굴과 어머니
의 얼굴을 동시에 연상시킨다. 이러한 일련의 행위와 사유
는 항아리 뚜껑을 열자 "동그랗고 새까만 눈동자/ 어머니
눈동자와 마주"치는 장면에서 정점을 찍는 정경으로 나타
난다. 머지않아 잠재적인 어머니가 될 화자 자신의 눈동자
와 어머니의 눈동자가 마주치는 서정을 아슬한 자의식으로
잘 획득해낸다.

　　바닥에 널브러져
　　깊은 잠에 빠진 닭 무더기

　　자면서도 악몽을 꾸는지
　　어떤 부리는 꽉 다물고
　　어떤 부리는 혀를 내민 채 굳어 있다

　　깃털 옷 대신
　　양념 옷을 수의처럼 입고
　　멈춘 울음은 기름 속에서 튀겨진다

　　화장을 한
　　남은 알갱이 위로
　　양념이 뿌려지고
　　소중히 싸매진 은박지

　　포장된 상자 틈으로 환청 같은

닭울음이 새어 나와
상자를 들썩인다

달구어진 영혼 온도가 식을까
운구를 싣고 재빠르게 떠나는 오토바이
멀어져가는 오토바이 꽁무니로

붉게,
도로에 쏟아져 내리는
통닭집 전화번호
　　　　　　　　　—「통닭 장례식」 전문

　위 작품은 현대 문명의 이기에 잘 포장된 "통닭"을 통해 "바닥에 널브러져" 잠을 자거나 "혀를 내민 채 굳어"가는 생명에 대한 경시와 부정적인 세계를 "포장된 상자 틈으로 환청" 같은 울부짖음을 하는 닭들의 몸짓을 장례식 분위기로 어둡게 지적하고 있다. 작년 닭고기 소비량이 1인당 16.5kg으로 해마다 그 소비량이 증가하고 있다고 한다. 무게로 환산하면 1억 톤이 육박하고 개체수로는 700억 마리에 가깝다. 닭고기는 한국인이 가장 선호하는 육류이며 치킨과 더불어 치맥이라는 문화를 새롭게 형성해낸 대상이기도 하다.
　이런 "닭 무더기"들이 "양념 옷을 수의처럼 입고" 기름에 튀겨져 은박지에 싸매진 채 재빠르게 오토바이에 의해 배달지로 멀어져가는 모습은 사람들이 지닌 삶의 고통과 별반 다르지 않으며 "붉게,/ 도로에 쏟아져 내리는/ 통닭집

전화번호"에서 화자 자신의 자의식을 "수의"나 "은박지"로
잘 포장하여 상징화하여 나타내고 있다. 이러한 현상을 다
른 측면에서 헤아려보면 닭고기를 먹는 사람들 수만큼 각
자의 자의식으로 욕망을 제어할 수 있는 절제의 능력을 가
지고 있다면, 시의 미래나 자의식의 유형도 밝고 투명한 쪽
으로 많이 생성되지 않을까 하는 희망을 전금란의 시가 갖
게 해준다. 다시 말해서 통닭을 먹는 사람들의 욕구와 통닭
집 전화번호를 붉게 쳐다보는 화자의 욕구가 서로 상충하
는 것을 극복할 수 있을 때, 시를 가로막는 어떠한 기제라도
자의식은 절제된 형태로 시로 반드시 나타난다는 것을 그
는 이미 알고 있다는 뜻이다. 시가 추구하는 본질이 삶의 혁
신과 자아의 확립이라면 그것이 가능할 것 같은 단상 아닌
단상이 「통닭 장례식」을 통해 작은 계기를 마련하는 단초를
그가 제공해주고 있는 셈이다. 전금란의 시에 나타난 그런
일면에서 각박한 일상을 살아가는 우리의 발걸음이 가볍
고 몸짓이 경쾌하게 느껴지는 것은 자의식이 존재하기 때
문이다.

이외에도 "음성 언어도 없이 사람을 유혹하는 몸짓"으로
쇼윈도에 서 있는 "플라스틱 비너스"(「쇼윈도 앞에서」)의
모습이나 "블랙아이스 위에서 회전"하여 사고를 당해 "영
원한 외출을 한 친구"(「고속도로 묵시록」)의 비정한 정경에
서도 죽음을 장송곡으로 변주하는 자의식이 잘 드러난 작
품들도 많다.

구리선으로 된 뱀
여러 겹 겹쳐져

전기 신호를 보내는 밤

노트북은 스스로 켜져
나타난 파란 눈빛 뱀
이진법 숫자로 된 혓바닥을 날름거려
커서로 깜빡깜빡
최면 신호를 보낸다

포트에 꽂힌
리더기를 물어버린 입
메모리까지 독니 박히기 전에
핏발 선 눈동자 따라
비행모드를 켜버린 손가락

지문에서 풀린 백신이 닿자마자
파란 이빨이 빠지고
떨어져 나간 머리
가죽이 벗겨져
분해된 뼈마디

파열된 내장이 떠도는 모니터 안
01010101
무선의 뱀들이 이진법으로 흩어져버린다
—「해킹」전문

전금란의 일관적인 자의식은 "구리선으로 된 뱀"이라는

개별성에서도 꾸준하게 추려내려는 자세를 취한다. 그가 뱀을 통해 드러내는 자의식은 "파란 눈빛 뱀"이고 파열된 내장이 떠도는 모니터 안에서 01010101 무선의 이진법으로 흩어지는 뱀으로 신선한 환기를 일으키며 다가온다. "해킹"을 끈질기게 응시하고 파란 눈빛 뱀으로 주조해낸 그가 소름 돋게 느껴진다. "혓바닥을 날름"거리는 이미지나 메모리까지 독니가 박히는 장면은 정말로 섬뜩하게 다가온다. 더욱이 "핏발 선 눈동자"가 "지문에서 풀린 백신"으로 옮겨가는 과정은 해킹에 대한 원망과 분노를 사실적인 실감으로 불러일으키게 한다. "파열된 내장이 떠도는 모니터 안/ 01010101/ 무선의 뱀들이 이진법으로 흩어"지는 결구에서는 고조된 긴장을 가라앉히는 자의식으로 해킹에 대한 "최면 신호" 같은 심정을 끝없고 막연한 이진법의 시간 속으로 던져 넣는다.

시는 사건이나 사물을 들여다보며 자신의 내면을 들춰내는 행위의 결과물이다. 보고 싶거나 보고 싶지 않은 것들, 뜻하고 있거나 뜻하지 않은 것들, 아니면 간절하거나 간절하지 않은 것들이 서로 비벼대는 소리를 듣는 것이다. 전금란의 시에 나타나는 자의식의 내면은 어둡고 부정적이기보다는 뜻하지 않거나 새로운 것들에 대한 두려움과 섬뜩함을 지니고 있다. 그러나 그 두려움과 섬뜩함 속에는 존재의 의미를 되새겨주는 자의식을 갖고 있다는 뜻에서 매우 시사적이다. 이러한 시사적인 자의식은 "물결에 흔들리기만 하는/ 주검 같은 침묵"(「사월에는 깊은 잠수를 한다」)에서 세월호 참사를 "해킹"의 연장선으로 끌어오기도 하고 「포커페이스」에서는 "허물 벗듯 날아오르는 연기"나 "불신이 가득 찬 눈동자"에서 끌어내는 각기 다른 욕망을 좇는 속물적인 근성을 지닌 사람들이 맞는 "쓸쓸한 기일"의 장면에서도 잘 나타난다. 다른 한편으로는 「동거」나 「어떤 잡채」를 통해 "허락도 없이 들어온 달빛"이 "덤불 같은 어둠 속으로 기어가는" 풍경에서 어머니의 인정과 밥상을 반추하는가 하면, "흑백사진 한 장 같은 외할머니의 기억"이 노을처럼 물드는 "잡채"에서는 음식으로 평등을 기원하는 외할머니의 손맛을 유년의 회상으로 짚어내는 자의식도 엿볼수 있다.

흔적이 들킬까봐
알에서 나올 때부터
'ㅣ'모음 모양으로
다리를 잘라버린 뱀

물낯을 건너는 듯
흙냄새를 맡는 듯
알파벳 'S' 모양 굴곡으로
읽어 내려가는 맨몸 독서

태생부터 한 획으로
글자 그 자체인
머리부터 꼬리까지 유연한 획수
지면을 핥을 때
혓바닥은 두 갈래로 갈라져

바퀴가 저지른 속독에 의해

완독하지 못한 길 위에서

납작하게 박제가 되어도

장소를 가리지 않는 독서광

몸의 문장을 지우려는지

허물마저 벗어 던진 채

빛바랜 하얀 낙관을

아스팔트에 엎드려 찍고 있다

— 「뱀 독서법」 전문

전금란은 뱀이 지닌 특성과 자신의 자의식과 상상력으로 한층 더 고조시켜 시편을 주조해낸다. 다시 말하면 뱀이라는 개별성을 가진 대상을 통해 사유와 맞닥트리게 되는 세계에서 다른 또 하나의 세계를 창조해내는 능력과 시를 엮어내는 안목을 가지고 있다는 것이다. 전금란의 시집에 등장하는 60편의 작품 중에 뱀이 시제목이 되거나 제재가 된 것은 20여 편에 이른다. 그만큼 뱀은 그의 시세계를 관통하는 거대한 물줄기이자 하나의 거대한 통로인 셈이다.

뱀은 사람에게 공포의 대상이며 보기만 하여도 혐오감을 주는 존재이다. 다른 한편으로는 잠재의식 속에 존재하여 욕망을 해결해주는 대체자나 원죄 의식에 갇혀 있는 페르소나의 한 형태로 자주 사용해온 동물이기도 하였다. 이런 뱀을 전금란이 시에서 자주 등장시키는 것은 자의식 너머에 있는 시인 자신의 자의식으로 추동할 수 있는 시심에 잇닿아 있기 때문이다. 거개의 시인들도 뱀에 관한 시를 많이

써 왔고, 그런 작품에 대해 연구도 많이 해온 것 또한 사실
이다. 그러나 전금란은 여기에 머무르지 않고 한발짝 더 나
아가 "길을 이탈한 낙엽은/ 허물인 척 바닥에 붙어/ 나무가
버린 미아가 되는 밤"(「상강」)을 포착해 추위 타는 멧새 울
음소리에 서리가 묻어 내리는 "상강"이라는 절기를 나타내
고, 또 "흙탕물 비늘로 덮인 채/ 추는 물뱀 춤"(「강이 폭음
할 때」)이라는 시선이 강한 표현에서는 자연의 재해를 드러
내거나 "중화된 독기/ 탄력 있는 스프링처럼/ 드러난 뱀의
굴곡"(「메두사의 머리카락」)에서는 염색의 장면을 노출시
켜 현대 문명의 폐해에 대한 단편적인 지적도 한다.

　「뱀 독서법」은 로드킬을 당한 뱀의 처참함에서 "완독하
지 못한 길 위에" 박제가 된 채로 지면을 핥으며 "허물마
저 벗어" 던지고 독서광처럼 "'S' 모양 굴곡으로/ 읽어내
려가는" 처연한 독서법을 들춰내고 있다. "흔적이 들킬까
봐 다리를 잘라버린 뱀"에서 전금란이 품고 있는 온정이 내
재한 자의식을 "바퀴가 저지른 속독에 의해/ 완독하지 못
한" 뱀의 독서법으로 로드킬에 대한 비정함을 "빛바랜 하
얀 낙관"을 찍는 것으로 쓸쓸하게 파악한다. 이러한 그의
자의식이 삼투압된 시심은 뱀이라는 일반적인 부정의 인
식에 갇혀 있지 않고 그것을 거부하고 가로지르며 "수압에
벗겨진 허물"(「물뱀에 대한 소문」)로 환유하고 있다. 그 환
유의 결구는 "허물은 더 이상, 허물이 아니다"라고 끝을 맺
는다. 이러한 일면에서 전금란의 자의식과 시심은 별개의
것이 아니고 서로 유기적으로 작용하여 시를 배태하는 것
으로 봐도 무방하다. 그리하여 시를 확장시켜 나가는 계기
를 마련하는 한편, 자의적인 자의식에 온전히 도달함으로

써 뱀에 대한 부정적인 인식과 소문을 떨쳐버리고 진정성
으로 그 대상을 보듬어 주는 데서 전금란 시의 특징을 엿볼
수 있다.

　이제 전금란의 시집 상재를 거듭 축하한다는 말과 함께
앞에서 검토해온 글을 정리하며 글을 맺고자 한다. 전금란
의 전반적인 시세계는 일관적인 시작법을 고수하며 욕망을
억누르는 기제를 바탕으로 한 자의식으로 시편들을 늘어놓
거나 헤집기도 한다. 이런 그의 시세계는 어둡지만 밝고,
딱딱하지만 부드럽고 거친 부분을 긁어내면 수채화같이 투
명하고 맑은 시어들이 곳곳에 산재되어 있음을 짐작할 수
있다. 산재되어 있는 많은 시어들로 인해 그는 다양한 층위
의 시편을 엮어내면서 서정의 형식을 심급에 닿게 한다. 이
러한 데에는 시를 대하는 전금란의 자세가 안일하지 않고
시에 대한 경외와 애정으로 부단히 노력해온 행위에 있지
않나 싶다. 시는 항상 어수선하고 불편하게 움직이며 진화
하고 있다. 이런 시를 질서와 조화로 멈추게 하고, 진화에
는 적응하며 시작에 열정을 쏟은 대가의 결과물로 나온 게
시집『벚꽃 칸타타로 떨어지는 봄을 본다』이다.

　전금란의 시는 주로 사물에 대한 자의식과 뱀이라는 특정
의 대상에서 자의식을 인식하는 두 가지 특징을 지니고 있
으며, 또 그런 자의식과 몸짓에서 삶을 통찰하고 자아를 탐
색해내는 시편들을 발화해낸다. 시편을 발화해내는 그의
시작 태도는 두꺼운 유화를 걷어낸 순수한 서정으로 일관
되게 형성되어 있다. 이는 전금란이 근본적으로 시의 미학
보다는 대상의 정서나 사건으로 인해 환기되는 비애나 회

한을 자의식으로 걸러내는 데 치중하기 때문이다.

「물뱀에 대한 소문」에서 나타나듯이 "허물은 더 이상, 허물이 아니다". 맞는 말이고 시의 정확한 표현이기도 하다. 시를 쓰는 데 있어서 허물은 더 이상 허물이 되지 않는다. 이 말을 다른 말로 대치시켜 "자의식은 더 이상, 자의식이 아니다"라고도 말하고 싶다. 다만 자의식은 시가 만들어지는 기초를 세워준다. 그러니 앞으로 전금란의 시와 작품세계가 개별성이 다양한 작품으로 더 많이 발화하여 자주 만날 수 있기를 바란다.

전 금 란

전금란 시인은 서울에서 태어났고, 호서대학교 국문과를 졸업했으며,
단국대학교 평생교육원 시창작 과정을 수료했다.
전금란 시인의 첫 번 째 시집인『벚꽃 칸타타로 떨어지는 봄을 본다』는
타나토스나 코나투스 중 어느 한 방향으로 치우치지 않고 균형을 잘 맞
춘 위치에서 자의식을 인식한다는 데서 그 의미를 찾을 수 있다. 그래서
그의 시세계는 비관적이나 부정적이지 않고 그가 지닌 개별적인 자의식
으로 시를 더 깊고 내밀하게 한다. 이런 그의 시세계는 어둡지만 밝고,
딱딱하지만 부드럽고 거친 부분을 긁어내면 수채화같이 투명하고 맑은
시어들이 곳곳에 산재되어 있음을 짐작할 수 있게 한다.

이메일 rannystyle@naver.com

전금란 시집

벚꽃 칸타타로 떨어지는 봄을 본다

발   행   2024년 3월 19일
지 은 이   전금란
펴 낸 이   반송림
편집디자인 반송림
펴 낸 곳   도서출판 지혜, 계간시전문지 애지
기획위원   반경환
주   소   34624 대전광역시 동구 태전로 57, 2층 도서출판 지혜
전   화   042-625-1140
팩   스   042-627-1140
전자우편   eji@ji-hye.com
            ejisarang@hanmail.net
애지카페   cafe.daum.net/ejiliterature

ISBN   979-11-5728-536-5   03810
값   10,000원